club de joyas fracturadas

m.b

Esta obra es una pieza de autoficción. Aunque puede contener elementos inspirados en experiencias, personas o acontecimientos reales, ha sido transformada mediante recursos literarios, ficcionalización e imaginación. Los nombres, personajes, lugares, incidentes y diálogos han sido modificados o creados con fines narrativos. Cualquier semejanza con personas, vivas o fallecidas, o con hechos reales, es parcial, circunstancial o producto de la interpretación literaria de la autora.

Primera edición: Abril 8, 2026

ISBN: 978-607-29-8527-8

Solo para tus ojos,

¿acaso creíste que podrías

habitar mi vida sin habitar

también mis palabras?

17 *de junio*, 2025, 10:35 *a.m.* - 8 *de julio*, 2025, 1:01 *a.m.*

1 *de septiembre*, 2025, 6:05 *p.m.*

& 28 *de septiembre*, 2025, 9:07 *p.m.*

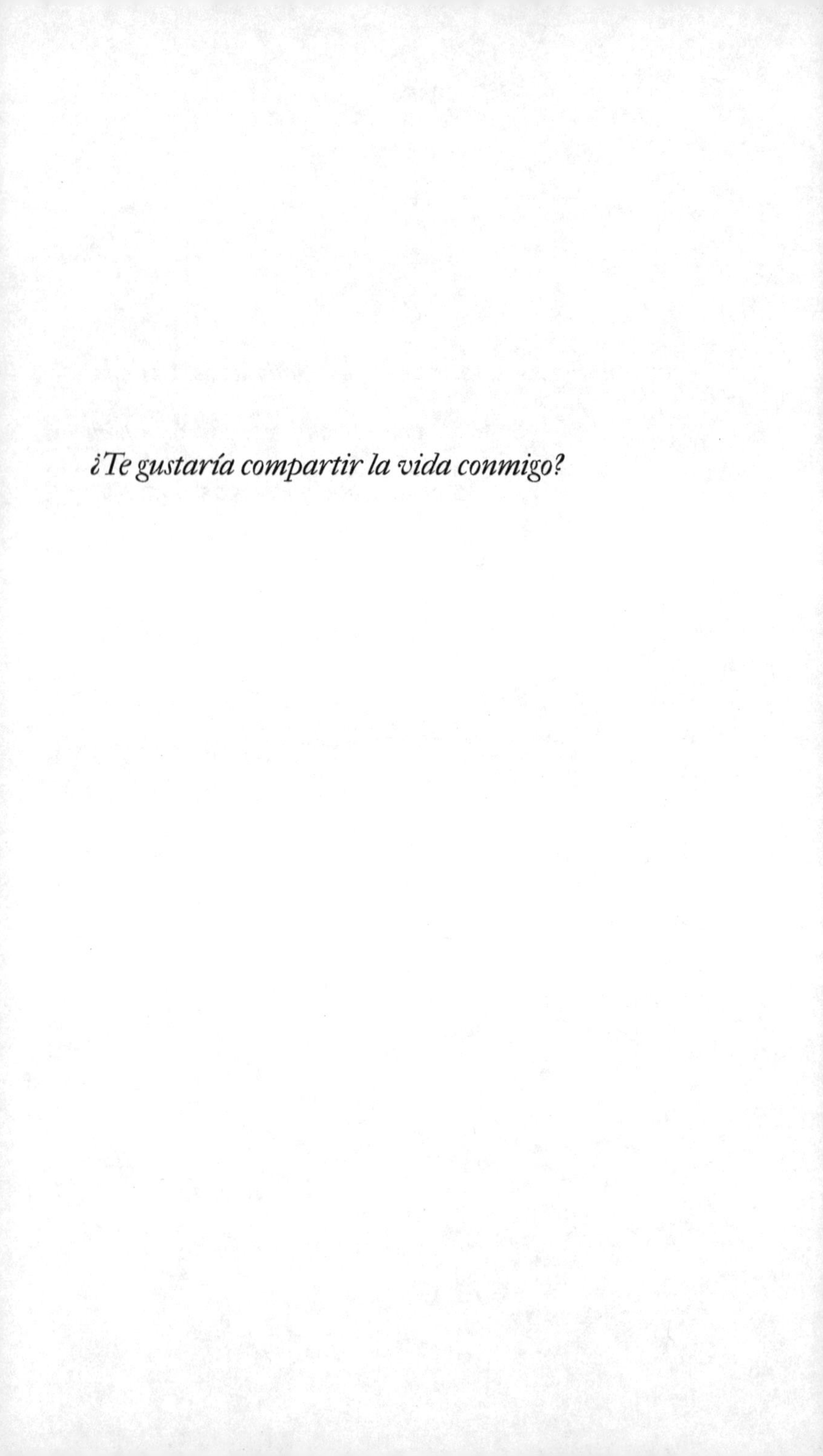

¿Te gustaría compartir la vida conmigo?

I

Club del café

La adicción al café es algo severo que no poseo, pero tú sí. Te brillan los ojos como si fuera una historia de amor fallida que aún no te suelta.

Estábamos en las oficinas platicando con Dafne cuando nos abandonó en ese silencio suave que no incomoda, sino que invita. Me preguntaste si te acompañaba por un café y, por reacción inmediata, acepté. No tenía ganas de alguna bebida en particular — ni café ni nada — pero insististe en comprarme un té frío. No me preguntaste qué sabor quería; simplemente dijiste que ese me gustaría. Y así fue. Aunque soy más de bebidas calientes.

Nos sentamos en *la* banca debajo de un árbol que parecía demasiado pequeño para dar sombra, pero nos protegió igual. Las siguientes dos horas se nos deshicieron entre palabras sobre artistas y música y literatura y esas ideas a medias que uno nunca se atreve a decir en voz alta hasta que llega alguien que las escucha sin reírse. Me sentí segura. No por lo que decías en sí, sino por cómo lo decías. No por la conversación en sí, sino por el espacio que dejabas para mis pensamientos.

Te agradecí por el té con mi mirada y mi sonrisa, y traté de contener esa emoción absurda que hace mis manos temblar cuando siento que conozco a alguien importante.

Entonces te presté *Space Invaders* de Nona Fernández y te lo dejé en las manos con una amenaza completamente seria: si lo perdías, jamás te volvería a hablar. (Las amenazas, después de todo, son una de esas cosas que solo están bien cuando yo las hago, como los chistes malintencionados que terminan sonando tiernos.)

Sé que entendiste la magnitud del gesto, que prestar un libro es lo más cercano que tengo a invitar a alguien a vivir en mi mente por un rato. No como huésped, sino como cómplice.

El próximo día fue asueto, y la pasamos sin vernos, pero aquello no impidió la comunicación. De cualquier cosa. De todo y de nada. Como si de repente se hubiera soltado un hilo invisible entre nosotros y bastara con seguirlo para no perdernos.

Desde entonces, nuestras conversaciones se volvieron la banda sonora de mis días. No era que habláramos de temas trascendentales todo el tiempo — a veces era solo sobre películas, o qué tan horribles eran nuestros maestros, o de mis libros, o de tu entrenamiento de fútbol, o de nuestros padres — pero había algo en la manera en que me respondías, como si pensaras en mis palabras más tiempo de lo necesario. Como si te importara más entenderme que impresionarme.

Y eso, para mí, fue más revolucionario que cualquier gesto grandilocuente — no me diste un poema, ni una flor, ni una promesa, sino constancia, pausa, y un tipo de atención que no hace ruido, pero igual transforma.

II

Club de las 20 mil palabras

Cuando estaba en la prepa, una canción que escuchaba sin fin era *Becca*, de The Sukis. No podría explicarlo bien, pero la guitarra tiene algo — una especie de lamento suave, como si se resistiera a existir. Te lo conté una tarde, no sé por qué, pero salió. Tú me recomendaste *Las transeúntes*, de Jorge Drexler. Tuve que buscar qué significaba *transeúntes* antes de escucharla, con la esperanza de que el diccionario me preparara para algo. No lo hizo. (Me pasaba mucho cuando platicábamos — eso de que dijeras palabras que no entendía del todo y luego tenía que investigar por mi cuenta. A veces me pasa con otras personas también, no con muchas, y en la mayoría de los casos logro adivinar el significado por el contexto. Pero contigo no era así. Tu forma de hablar no me dejaba espacio para adivinar; me obligaba a aprender. Fue algo muy bello.)

Escuché la canción, y no pude parar. Me tragué el álbum completo en una sola sentada. No fue una escucha; fue un colapso sensorial que me regaló un orgasmo de oído de cuarenta y cinco minutos y cincuenta y nueve segundos. Me dolía un poco el pecho porque parecía que cada canción estaba diseñada para decir algo que yo había intentado decir antes y no había encontrado la forma de hacerlo.

Te conté que mis favoritas eran — además de *Las transeúntes* — *Mundo abismal*, *Toque de queda*, *Noctiluca* y *Telón*. Respondiste que Drexler tiene eso: se reinventa sin perderse. Que cada álbum suena distinto, pero siempre mantiene esa mezcla de sencillez e ingenio. Tus palabras. Las anoté. Literalmente. En mi mente. En mi alma. Y en este libro.

Ahí comenzó el problema: no podía escuchar sin anotar. Me entró esta necesidad ridícula de registrar todo. Pensamientos sueltos, frases que me sacaban una risa o un nudo. Al principio, eran notas breves, como si pudiera controlarlo. Pero tú sabes cómo soy. O sabías. Pronto se me fue de las manos. Cuando me di cuenta, llevaba diez mil palabras escritas. Le pregunté a varias personas si creían que estaba actuando demente. Todos respondieron que sí. Menos tú, claro, porque todavía no lo sabías. Aunque yo creo que lo pensaste.

Y ya para ese punto, era demasiado tarde como para fingir que no había pasado algo. Seguí. Me dejé llevar. Llegué a casi veinte mil palabras de pensamiento puro, un manuscrito emocional que no pediste, pero que igual terminé. Lo imprimí en mi casa un domingo por la noche. Lo guardé en la carpeta azul que solía cargar en la mochila. La que apesta a hojas recicladas y ansiedad académica.

Te vi el lunes. Salí temprano de clase. Conocías una cafetería a unas cuadras de la universidad. Caminamos hacia allá. Te ibas a parar en la farmacia por el líquido para tus lentes de contacto, pero se te olvidó a medio camino, como si no importara, aunque seguro te dolieron los ojos toda la tarde.

El lugar era pequeño. Una esquina con mesas diminutas y paredes de color neutro, de esas que no intentan ser estéticas, pero igual se sienten acogedoras. Nadie más estaba allí. Es la metáfora perfecta para describir cómo me hiciste sentir. Hablamos por dos horas. Sobre todo y sobre nada. Sobre ti. Sobre mí. Sobre nuestros conflictos con el amor. Y los problemas de compromiso que nos perseguirán toda la vida. Cosas así.

Fue entonces cuando lo saqué. La monstruosidad. El Manuscrito. Las cuarenta páginas sujetadas por un *clip*. Lo puse frente a ti, como quien entrega una carta de despedida, aunque no se esté yendo a ningún lado. Me dio un poco de vergüenza. No por lo que escribí, sino porque, en el fondo, sabía lo que significaba dártelo. Significaba dejarte entrar. No por la puerta, ni por la ventana, sino por la grieta. La que dejo abierta solo cuando no me doy cuenta, o cuando sí, pero decido no cerrarla.

Te lo entregué y me hice la casual, como si eso fuera algo que hago todo el tiempo. Como si regalarle veinte mil palabras a alguien fuera mi versión de una conversación ligera. Pero la verdad es que temblaba un poco. No de miedo. De importancia.

Y tú, por suerte o por intuición, lo tomaste con la seriedad justa. Ni te burlaste, ni lo exageraste. Simplemente me lo agradeciste. Que lo leerías y me responderías con un manuscrito acerca de Taylor Swift.

Lo metiste en tu mochila con cuidado. Y después seguimos hablando.

Como si nada.

Como si todo.

Esto no es para nada una tesis, aunque me encantaría que me dieran un diploma por mi locura.

Escribo esto sin haber escuchado todavía nada de Jorge Drexler, un ser totalmente nuevo en el universo de mi mente. La verdad, me da esa mezcla de nervios y emoción solo comparable con abrir un regalo que no pediste, pero que alguien te jura que te va a encantar porque "te conoce bien".

Me niego a fingir objetividad. No sé nada de teoría musical y no voy a soltar rollos filosóficos para sonar intelectual (aunque sí miento a veces). Lo que busco es llenar este manuscrito con pasión y un cierto desorden emocional, como suele ser todo lo que escribo, al igual que honesto y probablemente demasiado revelador. Así que no esperes un análisis formal, de esos ya he hecho unos cuantos y ahora toca ser más reflexiva.

Esto es básicamente una conversación conmigo misma, pero escrita. Un paseo por los pensamientos que me van surgiendo mientras escucho su música e intento comprenderte. Analizaré todos sus álbumes y canciones de una manera absolutamente subjetiva, en orden cronológico, con un grado de determinación que te puede parecer preocupante.

Todo esto lo hago porque confío en tu criterio y porque, cuando me obsesiono con algo, lo convierto en arte. En lugar de simplemente escuchar a Drexler, decidí escribirte este manuscrito. Y espero que puedas perdonarme si algún día lo publico. Podría decirte que lo consideres una dedicatoria, pero no te quiero inflar el ego aún. Yo solo estoy cruzando el umbral con la emoción de quien sabe que algo importante está por comenzar.

III

Club de decisiones inaugurales

Me preguntaste a qué hora me iría a mi casa, y respondí que cuando me diera hambre. No era una respuesta planeada ni del todo honesta; en realidad, no quería irme, pero tampoco quería decirlo en voz alta. Me cuesta hablar sobre lo que siento. No porque no lo sepa — al contrario, lo siento todo con una intensidad absurda —, sino porque ponerlo en palabras lo vuelve real, y entonces ya no hay vuelta atrás.

Dentro de cualquier relación, incluso una que

apenas empieza o ni siquiera ha sido nombrada, expresar lo que siento me deja vulnerable de una forma que aún no sé gestionar. Hay algo en mostrar deseo, en admitir que quiero quedarme, que me parece peligrosamente parecido a rogar. A ceder demasiado pronto. A entregar más de lo que el otro está listo para sostener.

Y no quería parecer intensa. O necesitada. O peor: disponible. Porque he aprendido que muchas veces el que cede demasiado pronto pierde. Que hay que medir. Que hay que esperar. Que el que muestra primero lo que siente pierde el control del juego. Y aunque odio todo eso, a veces juego igual. Por temor.

Entonces escondí esa verdad detrás del estómago. Dije, *cuando me dé hambre*, como si el hambre fuera un reloj legítimo, una métrica confiable. Como si fuera el cuerpo, y no el corazón, el que mandara. Siempre es más fácil culpar al cuerpo que al corazón. El cuerpo se puede calmar con comida o con sueño o con un baño largo. Pero el corazón no. El corazón se queda, incluso después de que uno ya se ha ido.

Me pediste que eligiera un restaurante para comer. Y me paralicé. Fue algo dramático, como suelen ser todas mis reacciones. Un momento de duda que siento cada vez que me obligan a decidir algo fuera del trabajo o la escuela. Lo pensé. Deliberé como si estuviera decidiendo algo de suma importancia, como si no fuera solo una comida. Las decisiones no son mi fuerte. No cuando tienen que ver conmigo.

En lo académico y lo profesional funciono con una eficiencia extravagante. Me desenvuelvo, organizo, decido, ejecuto. Soy precisa. Casi quirúrgica. Pero en mi vida personal — en la parte emocional, íntima, desordenada — todo es diferente. Me cuesta hasta elegir qué película ver, o si quiero salir o quedarme, o si realmente me gusta alguien, o solo me gusta que les guste. Es como si, fuera de la lógica y los plazos, todo se volviera neblina. Por exceso. Exceso de posibilidades, emociones y miedos. Porque cuando se trata de mí, y de otros, y de vínculos, tengo una sospecha constante de que cualquier decisión podría doler más de lo que anticipo. Entonces me vuelvo ambigua. Fluctúo. Dejo que el otro decida por mí, para luego hacerme la sorprendida cuando algo sale o no como yo quería.

Eventualmente, salí de mi mente y llegamos a Super Salads. Algo normal, ni bueno ni malo: neutro. El tipo de lugar que no exige demasiado de uno. Pedí una ensalada porque no tenía mucha hambre, aunque tampoco estaba segura de si eso era cierto. A veces confundo no tener hambre con estar nerviosa. Y no sé si era por ti, o por mí, o por ese espacio tibio que comenzábamos a habitar, en el que todavía todo parecía frágil. No me sentía ansiosa; debió ser algo subconsciente. La vinagreta no me gustó.

En algún punto — no sé cómo ni por qué — me empezaste a contar sobre tu rodilla. Que no puedes correr como antes. Me hablaste con detalle, como si yo supiera acerca de todos los músculos y los huesos. Yo escuché con atención, no por el tema en sí, sino por cómo lo contabas. Con una mezcla de resignación y cariño hacia tu propio cuerpo. Me pareció dulce. Íntimo. Casi triste.

Y después, como si nada, empezamos a hablar de sexo. Mucho. No con morbo ni con intención. Simplemente se salió. Habíamos acordado implícitamente que este era un espacio seguro para hablar de lo que fuera. Con códigos secretos en un espacio público. Dijiste que siempre usas condón con una certeza que me gustó, porque me hizo sentir que sabías cuidarte. Y también cuidarme. Dijiste que preferías con luz semi-apagada. Que no te gusta la oscuridad total, pero tampoco las luces blancas. Algo tenue. Que permita ver, pero también imaginar. Que nunca con música. Que te desconcentra. Que no quieres que tu cabeza se vaya a la letra de una canción justo cuando estás tocando a alguien. Que el ritmo debe nacer del momento, no de una melodía ajena.

Yo te escuchaba como si estuviera leyendo un cuento que alguien escribió pensando en mí. Había una honestidad brutal, pero no agresiva. Una transparencia que buscaba conectar. Y me pareció — no sé cómo decirlo — hermoso. Porque me abrías una puerta sin empujarme a cruzarla. Y me seducías al hacerlo.

También te conté algunas cosas. No muchas. Las básicas. Como que no me gusta cuando alguien me ahorca porque tengo la presión baja. Que me importa más la presencia que la técnica. Que soy lenta para confiar. Que el sexo casual no se compara al sexo con amor. Que me toma tiempo aflojar el cuerpo si no siento que me están mirando de verdad.

No fue una conversación *sexy*. Fue algo mejor. Fue un acuerdo de sinceridad. Un mapa sin urgencia.

Como si los dos supiéramos que no se trataba de llegar, sino de entender el camino. Como si lo importante no fuera mi cuerpo sino mi mente. Y ese fue el mejor orgasmo que me ofreciste, en ese momento, por lo menos. Luego te superaste. Muchas veces. Pero ese día me tocaste donde nadie más había llegado: mi mente.

IV

Club de la primera cita

El tiempo se rindió ante la conversación, dándonos permiso de existir sin prisa, como si todo lo demás hubiera dejado de latir por un momento para que solo nosotros pudiéramos hacerlo. Fueron siete horas seguidas que se sintieron como diez minutos, o menos; no recuerdo cada palabra, pero sí la sensación constante de querer alargar el momento. De hablar más bajito, más lento, con pausas largas que se sentían necesarias. Como si cualquier interrupción — un mensaje, una mosca, una nube más oscura de lo normal — pudiera arruinar algo que aún no tenía nombre, pero que ambos sentíamos como si siempre hubiera estado ahí.

Me acompañaste a mi auto. Caminamos más lento de lo necesario. No me tomaste de la mano. No hubo algún gesto claro, al menos que haya notado. Pero tus pasos junto a los míos eran suficientes para hacerme desearlo todo. La forma en que me mirabas con tanta intensidad. La manera en que tu brazo rozaba el mío cuando doblamos una esquina. Ese silencio al final, cuando ya no había más que decir, pero no queríamos que se terminara. El sol se escondía lentamente, como si nos quisiera ayudar a alargar el momento.

Cuando llegamos, me detuve a esperar algo. No sé qué. Un roce, una mirada distinta, una palabra que me diera permiso. Sé que tú también lo esperabas. Pero no lo dijiste. Te inclinaste contra el auto de al lado, con la mochila en el suelo y las manos en los bolsillos. La luz del atardecer pintaba sombras largas en el asfalto, y por un segundo quise congelar esa imagen. Tu silueta era tan tuya, tan familiar, tan nueva al mismo tiempo. Como si fuera una escena que sabía que recordaría, aunque no supiera por cuánto tiempo ni con cuánta nostalgia.

No me subí al carro. Me quedé de pie, torpemente cerca. Mirándote. Midiendo la distancia entre nosotros. Sintiéndome de pronto demasiado consciente de mis manos, de mis labios, del ritmo tonto de mi respiración. El mundo se encogió a ese metro de espacio entre tú y yo. Un metro que pedía rendirse; me acerqué, no demasiado, solo un paso: un gesto que parecía insignificante, pero para mí contenía todo.

Y entonces te besé.

No fue un beso cinematográfico, aunque lo sentí como uno: no hubo música, lluvia ni fuegos artificiales. Pero hubo esa certeza que ocurre muy pocas veces, esa sensación de estar en el lugar correcto, en el segundo exacto, con la persona que, sin saberlo, había estado caminando hacia ti desde antes de conocerte. Algo que no podía no hacer. Como si todo el día hubiera sido una construcción paciente hacia ese momento exacto. Como si todo en mí hubiera conspirado para detenerse ahí, justo en ese segundo que ya no necesitaba explicación. Y por fin logré entender todo lo que tanto había escrito para tener el lenguaje que ese beso ya no necesitaba.

Y tú no apareciste sorprendido; solo cerraste los ojos, como si te hubieras estado preparando desde hace rato y ya supieras.

Me confesaste que querías besarme desde el día que me conociste. Lo susurraste con una voz baja, casi una confesión accidental. Y la sentí. Completa. En el pecho, en la espalda, en los dedos. Sentí cómo se instalaba dentro de mí, una mezcla rara de sorpresa y confirmación. Porque lo había pensado, lo había deseado, pero nunca me permití imaginar que tú también.

A veces tardo en creerme las cosas buenas, y me quedé callada. No sabía cómo responder con palabras, y me pareció injusto arruinar algo tan honesto con una frase ensayada. Así que no dije nada. Solo te miré. Solo me acerqué un poco más, dejando que ese momento se quedara en la piel.

Y entonces, por fin, me subí al carro. No recuerdo si cerré bien la puerta. O si encendí el auto de inmediato. Solo recuerdo que, al mirar por el retrovisor mientras me alejaba, tu silueta seguía ahí. Mochila al hombro. Sonrisa apenas. Y no podía parar de sentir.

Querida Montserrat,

¿Te parece justo? Llegaste, o más bien irrumpiste, sin ningún preámbulo. Solo para despertar en mí el anhelo de aquello que, durante tanto tiempo, no supe cómo nombrar.

Mujer de rostro bello, mente bella y bello corazón. Mirada que besa cada espacio que toca. Labios llenos de vida, hechos para expresarlo todo sin la necesidad de hablar. Manos creadoras, capaces de construir mundos y fragmentar cuerpos.

Solo una cosa te pido:

Permíteme llegar y aparecer, esta vez, con previo aviso.

con todo lo que soy,

Alejandro

V

Club de la habitación con luz

No sé exactamente cuándo empezó. No el amor — esa es otra historia. Me refiero al momento en que dejé de esconder lo que soy, solo porque tú estabas ahí. Tal vez fue durante una de esas conversaciones en las que no se dice nada extraordinario, pero de pronto sientes que estás diciendo más de lo que jamás habías dicho. O quizás fue cuando noté que, por primera vez, no tenía prisa por irme. Que no sentía la urgencia de desaparecer. Hay algo en tu manera de estar, de mirar, que me hacía quedarme, sin miedo a ser vista.

Siempre he vivido como si mi interior fuera una casa con luces apagadas: habitaciones cerradas que no he querido abrir, pasillos que evito cruzar, espejos que distorsionan mi reflejo. He aprendido a moverme en la penumbra, a no hacer ruido, a encogerme dentro de mí para no ser un problema. Y, sin embargo, tú llegaste y abriste la puerta como si ya supieras dónde estaba la llave. No la derrumbaste; simplemente estuviste ahí, con una calma que me descolocó. Como si tú también hubieras esperado ese momento.

A veces pienso que te inventé. Que alguien como tú no debería quedarse en lugares como esos. Que el modo en que me mirabas, con esa claridad, esa honestidad sin juicio, no puede ser real. Pero entonces hablabas, y no me destruías. Al contrario: empecé a reconstruirme.

Durante mucho tiempo me imaginé como una figura sentada en un cuarto vacío, con una lámpara que parpadeaba en el suelo. Nunca la arreglaba. La había dejado así a propósito. La luz, cuando se encendía, era fuerte, molesta, incómoda a quien entraba. Siempre me decían que era demasiado. Demasiado difícil. Demasiado particular. Demasiado sentimental. Demasiado necesitada. Demasiado todo. Así que aprendí a quedarme quieta, a no encenderla, a susurrar, a suavizar mis ideas y emociones, a volverme lo justo para no espantar. A ser menos. No porque no tuviera más, sino porque entendí que mostrarlo era inadecuado.

Pero cuando llegaste, no preguntaste. Solo trajiste otra lámpara. La colocaste a mi lado y la encendiste sin temor. Y por alguna razón, no sentí la necesidad de apagar la mía. No sentí miedo. Sentí curiosidad. Sentí ganas de dejarla brillar en un cuarto más alumbrado por ti.

Entonces empecé a preguntarme si era posible encontrar el amor en los rincones oscurecidos de mi mente. Si era posible que el núcleo de lo que soy — esa parte que he escondido, protegido, enterrado con tanto cuidado — brille lo suficiente como para ser un faro. O si, por el contrario, esa luz era demasiado. Demasiado difícil para ser tolerada. Demasiada particular para ser entendida. Demasiado sentimental para ser tolerada. Demasiado necesitada para ser requerida. Un destello que ciega y deja detrás imágenes borrosas, quemadas en la retina.

He visto lo que sucede cuando la gente se acerca demasiado. Entrecierra los ojos. Tropieza. Se incomoda. Como si yo fuera algo radiactivo. Linda, quizás, pero mejor observada desde lejos. Y yo, que durante tanto tiempo pensé que necesitaba apagarme para ser aceptada, empecé a dudar de eso. Porque contigo no sentí la necesidad de esconderme. De hecho, por primera vez, sentí la urgencia opuesta: la necesidad de mostrarte todo. Todo el espectro completo e insoportable de lo que soy. Incluso lo que no entiendo de mí, lo que me da miedo y lo que siempre quise guardar, incluso lo inconsciente que aún no descubro y me perforaste en la cabeza.

Al principio no sabía si lo veías, ni siquiera si querías verlo. Pero sí sabía que cuando me escuchabas, algo en mí se abría. Era como quitarme capas que ni siquiera sabía que existían. No lo forzabas. Me dabas espacio. Y yo me deshacía, poco a poco, con un placer que me provocaba más aprensión que cualquier dolor. Porque nunca había querido tanto ser deshecha. No como destrucción, sino como revelación.

Me aterraba ese deseo. Esa forma de rendirme. La idea de que alguien pudiera entrar al caos de mi mente y decidir quedarse. No a pesar de él, sino *por él.* Que no vieras mi oscuridad como una advertencia, sino como un mapa. Un lugar que no necesita correcciones, sino tiempo y paciencia y presencia.

Porque tal vez la oscuridad nunca fue un laberinto ni una trampa. Tal vez era solo una habitación esperando que alguien encendiera la luz. No para cambiarla; para entenderla.

Y si tú eras esa luz, o incluso solo un destello de ella, entonces no quería cerrar los ojos.

Alejandro,

A ti que apareciste y descubriste en mí algo que ni yo sabía que estaba buscando.

No podría decir en qué instante preciso pasé de medir mis palabras a dejarme llevar por la corriente de tu voz, tus preguntas, tus silencios, tu manera de observar sin prisa, sin juicio. A tu lado no siento la urgencia de justificarme; existe una invitación a simplemente ser. Te sembraste en terrenos donde yo sólo había aprendido a sobrevivir.

Espero mostrarte que te veo. Que me importa lo que amas y me importas tú.

En la ausencia del sonido, supiste oírme. Y con eso transformaste mi mundo. Espero que nunca dejemos de encontrarnos en esa escucha.

Con un beso,
Montse

VI

Club de La La Land

Nunca le dijo que él era como una canción que suena en la radio cuando vas manejando de noche, por avenidas que parecen más sueños que caminos, y no sabes si subirle o llorar. Esa canción que te agarra desprevenido, justo cuando creías que ya nada podía conmoverte. Una canción que se queda contigo después de que se acaba.

Como él.

Y él nunca se rió.

Nunca le dijo que eso lo dicen las mujeres que escriben poesía sin saber rimar.

Nunca la hizo sentirse ridícula por sentir demasiado.

Pero sí la besó.

Como si el tiempo se hubiera suspendido.

Como si ese beso fuera una nota sostenida que nadie se atrevía a cortar.

Eso fue antes, antes de saber que estaban bailando un número musical sin coreografía. Que eran personajes en una escena sin guion. Caminando por las banquetas agrietadas de Monterrey como si fueran un set mal iluminado. Con el sol mordisqueando la piel y la ciudad, que servía de fondo a una historia que, aunque ellos no lo sabían, ya estaba escrita para durar solo dos actos. Como suelen ser las historias de ella.

Se conocieron una tarde que olía a esmog y agua estancada. Monterrey ardía como una película filmada bajo focos calientes.

Ella tenía la calma de quien no compite, y él tenía la urgencia de quien siente que el tiempo no alcanza.

Ella le preguntó si creía en las casualidades.

Él respondió con un poema de Sabines.

Ella no entendió todas las palabras, pero sí el tono.

El ritmo.

La entrega.

Se quedaron.

Y pasaron los meses como escenas en una secuencia que parecía ensayada: discusiones pequeñas, reconciliaciones suaves, libros olvidados, cenas improvisadas, notas colocadas bajo tazas de café o té de manzanilla con un toque de miel.

Los veranos y los otoños llegaron como variaciones de un mismo guion.

Se descubrieron. Se moldearon. Se empujaron a ser mejores versiones de sí mismos. Se inspiraron.

Cada quien con su propio sueño.

Cada quien con su música.

Amándose como se ama lo que sabes que no podrás retener.

No todo fue mágico.

No hubo una banda sonora que marcara cada paso.

No hubo cámara lenta.

A veces solo hubo rutina.

Frustración.

Distancia.

A veces solo hubo negación.

Pero también hubo sincronía.

Hubo casa.

Dientes lavados al mismo tiempo.

Sábados con libros de segunda mano.

Canciones en español.

Poemas de Sabines.

Y de él.

Y de ella.

Se enseñaron el valor de elegir.

Y también el de dejar ir.

Y eso, en esa ciudad de incendios e inundaciones, ya era una forma de milagro.

No se quedaron.

Y no porque no se quisieran.

Sino porque el amor no siempre es la última escena.

A veces es solo la más importante.

Y ahora no hay créditos.

No hay despedida dramática.

No hay aplausos.

Solo un *fade-in*.

Una escena más.

Y la canción suena en la radio.

Ella maneja. Él, tal vez también, en otro coche, en otra ciudad, en otro destino.

Pero la canción suena.

La misma.

La que los construyó. Bajo la misma luna.

Y esta vez no hay necesidad de subirle.

Ni de llorar.

Solo de escuchar.

Y sonreír un poco.

Como quien sabe que hubo algo verdadero.

Aunque no haya sido para siempre.

Alejandro,

Me miraste. No a través de mí, ni por encima de mí, ni alrededor. Me miraste directamente. Como si hubieras estado esperando ese momento. Y, de pronto, fui solo una persona. Completa. Compleja.

Por primera vez, no sentí la necesidad de fragmentar mi voz para ser comprensible. No tuve que encogerme, ni ablandarme, ni tragarme mis palabras. Contigo no me siento castigada por existir. Ni por ser quien escribe 19,614 palabras solo para decir que entiendo lo que valoras.

Quizás la verdadera conexión es eso. No la intensidad. No el dolor disfrazado de devoción. Sino la presencia. Un refugio donde descansar. Una voz que escucha, no por cortesía, sino porque le importa lo que dices. Incluso aquellas partes que se desvanecen en lo no dicho. Alguien que me conmueve hasta las lágrimas de la emoción, no del desaliento.

Algo en mí se ha transformado — como si al hallarte, también me hubiera reencontrado conmigo misma.

siempre tuya,
Montse

VII

Club de la vulnerabilidad

La vulnerabilidad se te dificulta. No porque no tengas emociones, sino porque has aprendido a esconderlas con una maestría que asusta. Has hecho del silencio un lenguaje y del desvío una armadura. Cuando hablas de ti, hablas a medias, asumiendo que cada palabra es un riesgo y cada verdad una puerta abierta al abandono. Porque cuando hablas de ti — de verdad — la gente se aterroriza. No sabe qué hacer con lo que encuentra. Se encoge. Se va. Y yo lo entiendo. Porque mis propias vulnerabilidades me dan miedo también. Me aterran. Me hacen sentir como si cargar con mi historia fuera ya de por sí demasiado, como para encima pedirle a alguien más que la escuche sin salir huyendo. Pero aun así, lo intenté. Aun así, te pedí lo único que realmente me importaba. Que te abrieras. Que me dejaras verte. Que te dejaras ser visto.

Y me dolía cuando elegías callar.

No quería ser de esa gente que te miraba con piedad o con juicio. No quería que me incorporaras en esa categoría de los que no se quedan cuando el dolor asoma la cara. Quería quedarme contigo justo ahí, en medio de lo roto. Sin tener que taparlo. Solo quedarme.

Por eso me dolió tanto que guardaras silencio. Cuando elegiste callar justo cuando más necesitaba que me mostraras aunque fuera un pedacito de tu verdad. No fue crueldad. Fue precaución, lo sé. Pero igual me rompió. La vulnerabilidad no es un detalle decorativo para mí. Es lo mínimo necesario para que algo funcione conmigo. Como saber bailar es para ti. Como tus reglas no escritas que todos deben adivinar si quieren entrar a tu vida. Cada quien pone su listón. El mío era ese.

Pensé que tal vez había una forma de acercarnos, aunque mínima. Y cuando lo mencioné, simplemente respondiste: *si no, esto no funcionará*. Como si se tratara de un acuerdo laboral. Como si no estuviera hablando desde la parte más vulnerable y expuesta de mi ser. Lo dijiste sin intención consciente de herirme, pero me dolió más que si lo hubieras gritado. Fue ahí cuando saliste del auto y lloré todo el camino a mi casa. Las luces de las calles me atravesaban los ojos y ni siquiera podía limpiarme las lágrimas sin perder el control del volante. Lloré sin hacer ruido. Lloré porque quería gritarte que era injusto. Que yo sí estaba dispuesta. Que yo sí había llegado con las manos abiertas. Pero no lo hice. Solo manejé. Con la garganta cerrada y el corazón doliéndome.

Me rompiste con la ausencia de palabras crueles. Con tu silencio y tu indiferencia tan perfectamente calculada. Con el hueco exacto de tu distancia en los momentos en que más necesitaba saber que todavía importaba. Me destrozaste al callar, justo cuando yo más me acercaba, cuando más vulnerabilidad te ofrecí. Fue como estrellarme sola contra una pared que ni siquiera se molestó en empujarme.

Y eso, para mí, fue más devastador que cualquier rechazo directo. Porque el rechazo, al menos, es una forma de presencia. De claridad. Pero tú me borraste sin siquiera mancharte las manos. No me hiciste sentir simplemente no querida — eso lo habría entendido, lo habría podido aceptar — me hiciste sentir irrelevante, desechable, desapercibida.

No te pedía ser lo más importante en tu vida. Ni que me amaras más que a todo. No te pedía que fueras mío. Únicamente quería un espacio en tu día.

Un gesto. Un lugarcito que no doliera habitar. E intentaste dármelo, lo sé, pero nunca fue suficiente.

Te mentí esa noche. Cuando llamamos y declaraste que no te abrirías del todo, no querías hablar sobre ti, y solo escucharía lo que estuvieras dispuesto a compartir. Te aseguré que estaba bien. Que no necesitaba más. Que con que confiaras en mí, así, a tu manera, era suficiente. Y en ese momento, lo apresuré como quien se autoconvence e intenta que una herida no duela nombrándola de otra forma. Pero no era cierto. Y creo que por eso me cerré después. No fue inmediato. Fue como cerrar una ventana sin que se note: poco a poco, sin ruido, pero dejando de ventilar todo lo que antes dejaba entrar sin pensarlo.

Me alejé emocionalmente porque algo en mí se sintió desbalanceado. Porque yo me abrí tanto. Tan de golpe. Tan sin defensas. Porque te ofrecí el mapa de mis pensamientos, de mis emociones, de mis preguntas sin respuestas, y tú decidiste quedarte en la orilla, esperando que continuara comunicándome de la misma manera. Nunca mostraste que no te importaba; no fuiste cruel. Pero tampoco caminaste hacia mí de la forma que creí que lo harías. Y no sé lidiar con las medias distancias. No sé amar con las manos atadas. Por eso te descarté de mi vulnerabilidad. Te quité el acceso. Por castigo. Porque no me parecía justo seguir ofreciéndome entera cuando tú solo me dabas fragmentos protegidos por capas de silencio.

Ese distanciamiento silencioso tuvo efectos que tardarían en hacerse evidentes. Por eso después no sabías lo que pensaba. Por eso no entendías lo que yo quería. No era desinterés. Nunca fue falta de amor. Era autopreservación. Era pánico. Era la necesidad urgente de proteger lo que me quedaba después de tanto intentar abrirme sin ser recibida. Después de tanto extender los brazos y toparme con la frialdad de tu distancia.

Cerré la puerta porque cada intento más era una herida nueva. Me volví opaca contigo. Críptica. Pasiva. Invisible. Porque me había dolido mucho más de lo que admití, que no confiaras en mí como yo lo hice en ti.

Me dolió que me sostuvieras con cuidado, pero sin compromiso. Que fueras gentil, pero nunca transparente. Que me miraras con ternura, pero siempre con una verdad clausurada. No sabía cómo más acercarme sin perderme. Sin dejar mi alma en tus manos y verla deshacerse en el mismo respiro.

Volví a caer en esa trampa de pensar que mis sentimientos eran exageraciones, irrelevancias, estorbos. Aunque declararas lo contrario.

Me guardé lo más íntimo. Dejé de explicarme. Dejé de justificar lo que sentía. Dejé de pelear batallas que estaba destinada a fracasar. Solté esa absurda costumbre de idealizarte. De romantizar tu frialdad como si fuera un misterio. De creer que tu intrascendencia tenía algo de estrategia, que era parte de un juego que eventualmente terminarías por dejar atrás. Que serías distinto conmigo. Y que yo sería distinta contigo.

Me gustaría pensar — y por momentos casi lo creo — que lo mío no era incómodo para ti por lo que decía, sino por lo que exigía de ti. Que te pedía una profundidad que no estabas listo para tocar. Que te asustaba abrirte. Que no sabías cómo corresponder a algo tan desnudo. Me gustaría poder sostener esa versión y decir que fui yo quien te enseñó esa lección.

Pero me entristece, profundamente, reconocer que la verdad fue otra. Y nunca tuviste la valentía de decírmela a la cara.

Y tú pensaste que algo en mí se había apagado. Pero no era eso. Lo que pasó es que aprendí a callar contigo. A no esperar. A no ilusionarme con espacios que no me estaban destinados. A no exponerte más partes de mí que después tendría que recoger sola, en silencio, como suelo hacerlo.

Y eso fue lo más triste de todo.

Que aún queriéndote — con la misma intensidad con la que te escribí un manuscrito y cartas de amor y, ahora, este libro —, ya no me sentía segura mostrándote lo que sentía. Me dolía tener que esconder lo más honesto de mí solo para no incomodarte. Guardarme en las partes más frágiles, más reales, más vivas de quien soy. Me dolía no poder contarte mis miedos, mi pasado, mis ruinas y mis cicatrices. No porque no quisiera, sino porque aprendí — a la fuerza — que contigo no había espacio para eso. Que abrirme demasiado era correr el riesgo de ser mirada con condescendencia. Porque no eras mi terapeuta, y lo dejaste muy en claro.

Pero yo quería explicarte la razón por la que pienso de cierta forma y actúo de otra. Por qué reacciono como reacciono. Por qué hay cosas que para mí pesan más de lo que deberían. Por qué hay días en los que simplemente necesito un gesto, una palabra, algo que me recuerde que sigo siendo importante. Me dolía no poder mostrarte el porqué de todo mi ser, de mi intensidad, de mi ternura, de mis silencios, sin sentir que estaba molestando. O estorbando.

Era doloroso fingir que todo estaba bien. Que comprendía. Que entendía tus frialdades. Que podía con todo. Que no me afectaba que no me eligieras cuando no era la primera persona a tu vista. Sonreír con los labios apretados cuando por dentro todo se estaba desmoronando. Constantemente. Como si vivir a tu lado fuera vivir a punto de derrumbarme y tener que fingir estabilidad.

A pesar de todo, mi deseo de compartir y habitar tus partes también estaba presente, y qué ironía. Yo, que estaba tan dispuesta a contarte todo. Que lo único que quería era que habitaras también mis partes más rotas, como yo deseaba habitar las tuyas. Y que, desde esas ruinas, nos ayudáramos a reconstruir.

Pero cada vez que lo hacía, tú no lo veías. O peor: lo veías y no hacías nada. Nada que lograra que me sintiera comprendida o vista. Solo regañada. Cuestionada. Como si mi necesidad de conexión fuera un defecto que debías solucionar. Como si yo fuera una inmadura que simplemente no comprendía cómo funcionaba una relación real, o cómo ser parte de una sin ser la causa de su desgracia. Como si yo fuera un problema que llegaría a ser tu responsabilidad.

Me tratabas con una inferioridad disfrazada de paciencia. Como si tú supieras algo que yo no. Algo que no entendería porque me faltaba experiencia de una vida que comenzaste temprano. Como si tu desapego fuera sinónimo de madurez, y mi intensidad — la que te hizo enamorarte de mí — se hubiera convertido en una carga que debía moderarse. Me hiciste sentir torpe por ser vulnerable. Exagerada por necesitar. Difícil por esperar algo tan básico como la reciprocidad. Que era demasiado por querer amor con presencia, y muy poco por no estar a la altura de tus estándares invisibles. Me hiciste sentir incompleta. Insuficiente. Como si careciera de algo fundamental para merecerte.

Y así, cada gesto tuyo dejaba un vacío que no sabía cómo llenar — nada que me cediera paz.

Al contrario: tus justificaciones y tus frases medidas que me psicoanalizaban cuando yo no lo pedía me dejaban más inquieta. Más insegura. Me hacían dudar de mí misma. Empecé a preguntarme si realmente estaba pidiendo demasiado. Si tal vez el error era mío. Si tal vez estaba rota de una forma que tú no estabas dispuesto a tolerar porque lo tuyo era más importante.

Me decías que lo mío eran *proyecciones*, como si usar términos clínicos justificara tu forma de hacerte sentir más intelectual. Que *debería trabajar en mi necesidad de validación*, como si pedir atención fuera una patología. Que estaba *confundiendo cariño con dependencia.* Que *quizá lo que necesitaba era terapia,* no una relación. Que no era tu reacción lo que me dolía, sino mi *interpretación de los hechos.* Cuando yo solo quería que me escucharas, no que me diseccionaras. Quería contarte cómo me sentía, no ser diagnosticada. Quería comprensión y conexión, no sentirme como un caso clínico que alguien debía resolver desde afuera.

Porque no eras mi terapeuta, eso sí, lo dejaste muy en claro.

Nunca me hiciste sentir rechazada, solo desapercibida. Nunca me hiciste sentir no querida, solo menos que tú. Que pudiera desbordarme frente a ti y aun así no cambiaría nada. Y mis ganas de quedarme debieran avergonzarme.

Porque a veces todo el amor que uno puede ofrecer no es el amor que el otro debe recibir para sobrevivir. Y ahí entendí que querer no basta. Que por mucho que uno se esfuerce, hay vínculos que nacen destinados a no florecer. No porque falte amor, sino porque no se sostiene en ambos lados. Porque no crece en tierra firme. Y eso no se finge ni se inventa o negocia. Eso se siente... o no se siente.

"no sé si

te lo dije..."

Me gustas de ese modo inexplicable en el que guardamos un papelito sin razón alguna. Como cuando un verso se nos adhiere al alma y no logramos soltarlo.

Nunca fue estridente — sino más bien como encontrar entre las páginas de un libro viejo una nota escrita en tinta desvaída, con palabras que no entiendes, pero guardas como un pequeño tesoro.

Y no es una obsesión. Ni teatro. Es solo que algo en mi mundo encaja mejor cuando te tengo conmigo.

Así, tal como eres. Solo quédate, si quieres. Yo ya hice espacio.

Considérame siempre tuya.

- Montse

VIII

Club de traumas existenciales

Quedamos en vernos en un hotel. Nada elegante ni pretencioso, solo un lugar privado y seguro, con cama.

Empaqué mi *kit* de sexo planeado con la precisión de alguien que no sabe improvisar del todo. Una toalla azul. Una camisa suave, de las que no marcan la piel. Toallitas húmedas. Crema. Maquillaje básico, por si acaso. Peines. Ropa interior de más, porque nunca se sabe. ¿Qué más puede pedir uno? Tal vez una pequeña bendición, pero eso no cabía en mi bolsa.

Llegué antes que tú. Pero el reloj no importaba tanto. Me senté en un sillón mientras esperaba, revisando mi lista mental. Estaba lloviendo. Un poco fresco. Mis calcetas estaban algo mojadas.

Cuando llegaste, nos besamos con ese tipo de sonrisa que se intercambia cuando ambos saben lo que va a suceder. Buscamos algo de comer primero. Porque el hambre también puede arruinar las cosas si no se atiende a tiempo. Fue algo simple, ligero. Mastiqué despacio. Nos lavamos los dientes. Las manos. Un ritual de limpieza antes de entrar al territorio de la intimidad. Inspeccioné el cuarto porque me da curiosidad todo. La textura de las cortinas. El tipo de focos. La cantidad de almohadas. Detalles pequeños que me ayudan a fingir normalidad.

La verdad es que estaba nerviosa. A nivel inconsciente. No lo sentía en la superficie — no en el pecho, no en el estómago — pero había una tensión imperceptible bajo mi piel. (No entendía por qué entonces;

pero ahora, con cada evidencia desmenuzada sobre mi teclado, todo cobra sentido. Podría contártelo, pero ya no es necesario. Porque ya lo entendiste. Aunque se nos haya hecho tarde.)

Nos besamos y nos desnudamos. Sin prisa, pero sin pausa. Cada movimiento era una coreografía tímida, cuidada. Me tocaste y me lamiste. Con movimientos tan suaves, respetuosos, atentos. Te colocaste el condón con cuidado. Nos reímos. Todo parecía alineado y correcto. El momento estaba preparado, incluso ensayado en mi mente muchas veces.

Pero entonces pasó algo.

Mi cuerpo se cerró. Así, sin previo aviso. Se negó a avanzar. Y en ese momento me sentí dividida: una parte de mí quería continuar, y otra estaba pidiendo detenerse. No en voz alta. No con palabras. Pero con toda la fuerza de un cuerpo que aún no estaba dispuesto.

Me sentí avergonzada. Por mí. Por no saber explicarlo. Por no entenderlo del todo. Porque a veces uno quiere y el cuerpo no. A veces el deseo no es lineal. A veces la emoción y la piel no están sincronizadas, aunque parezca que sí.

Pero lo forcé.

Porque no quería decepcionarte. Porque me cuesta más trabajo soltar que forzarme a seguir. Después de todo el esfuerzo que hiciste. Me frustré conmigo, con mi cuerpo, con esa sensación de no estar a la altura de lo que *debería* ser un encuentro sexual fluido, fácil, placentero. Como si cualquier dificultad fuera una falla mía. Un defecto de fábrica. Algo que se tiene que arreglar con más esfuerzo.

Así que lo intentamos. Con cuidado. Cambiamos de posición. De atrás. De arriba. De abajo. La que funcionara. La que no doliera. La que dejara pasar aunque fuera la mitad. Entró a veces. Otras no. Como si mi vagina siguiera negociando con tu pene a espaldas de nosotros, sin consultarnos en el veredicto final del jurado. Lo hablamos con confusión. Y seguimos intentando. Con cuidado, sí. Con respeto. Con determinación.

Hasta que me hiciste la sobreestimulación.

Y entonces, mi cuerpo recordó.

No en imágenes nítidas. Fue más bien una sensación que se arrastró desde lo más hondo de mi pelvis hasta la parte más vulnerable de mi garganta. Un golpe de memoria. En lo que me sostenías sin parar, sin dejarme escapar.

Recordé: de la vez que me tocó hasta que lloré... de la vez que su peso se volvió un castigo... de cuando no entendía si lo que me pasaba era abuso, o solo un tipo torcido de pasión... de la vez que me hizo contar. Ciento sesenta y cuatro veces. Una cifra que nunca he podido olvidar, porque se me quedó tatuada entre los muslos y la mandíbula. Cuando no gemía como él quería. Cuando mi llanto lo distraía del ritmo.

Y ahí estaba, de nuevo.

No él. Lo que dejó. En mí.

No tú. Pero la sombra. La marca. La sensación de que mi cuerpo ya no me pertenecía. Algo que no había sanado del todo, aunque yo juraba que sí.

No lo dije. Al principio. No quería dañar el momento. Porque me he acostumbrado a pensar que los traumas deben dejarse afuera, como un paraguas mojado. Pero a veces entran igual. Se escurren por debajo de la puerta. Se cuelan en la cama. Se trepan a los hombros justo cuando estás por abrirte, literalmente o emocionalmente.

El cuerpo siempre recuerda antes que la mente. Y cuando lo hace, no hay voluntad que alcance para convencerlo de lo contrario.

Fue poco después cuando terminamos.

O cuando decidimos parar.

No sé si fue una decisión, exactamente, o si simplemente el cuerpo gritó *¡basta!* y ninguno quiso discutirle.

Fueron seis condones, si mal no recuerdo. Cuatro en los que te viniste. Dos en los que no. Ya para el final, mi vagina ardía. Fueron como cinco horas seguidas. De intermitencias, de pausas incómodas, de intentos que a ratos funcionaban y a ratos no.

Me limpié. Te limpiaste. Sin hablar mucho. Con esos movimientos mecánicos que uno hace cuando el cuerpo ya no da para más, pero la mente sigue un poco flotando. Fui al baño. Me vi en el espejo. Tenía el pelo grasoso, la boca reseca. No me sentía fea. Tampoco linda. Me sentía... ocupada. Llena de ruido blanco.

Volví a la cama. Nos ocultamos debajo de las sábanas porque me dio frío.

Y me quedé muda.

No por enojo. Ni por incomodidad. Era otro tipo de silencio. Uno que se instala cuando hay demasiado por decir, pero las palabras no caben todavía.

No te podía mirar a los ojos.

No porque me avergonzara de ti. O del *acto*. En ese momento, ver tus ojos era como asomarme a un espejo demasiado claro. Uno que no podía mentirme. Uno en el que tal vez encontraría una versión de mí misma que no estaba lista para ver.

Quería hablar. Decir algo. Lo que fuera. Pero tenía la boca seca y las ideas desordenadas. Sabía que lo sabías. Que no estaba ahí. Que mi cuerpo y yo no estábamos sincronizadas. Que el sexo había sido muchas cosas — cansancio, impulso, escape, búsqueda y placer.

Cerré los ojos. Para desaparecer un poco. Para esconderme. Para no tener que seguir sosteniendo en la mirada el peso de ese momento.

En algún momento dije algo. No algo importante. Algo tonto. Algo para romper la tensión.

Bromeé sobre sentirme como prostituta.

Lo solté con esa ligereza ensayada que uso cuando no sé cómo sentirme, cuando estoy demasiado consciente de mi cuerpo, cuando me da miedo que la otra persona no sepa qué hacer conmigo. No recuerdo las palabras exactas, pero sí la intención: disfrazar la incomodidad con comedia. Quitarle seriedad a lo que me estaba consumiendo por dentro.

Tú no te reíste. Me miraste, calculando si la broma venía desde un lugar de juego o desde un lugar de dolor, supongo. Y aclaraste, en un susurro, que me querías por mucho más que solo mi cuerpo. Que no estabas insatisfecho. Que no había nada que compensar. Que no buscabas sexo perfecto, ni una versión pulida de mí. Que no te quedabas por el placer. Que estabas ahí por lo que soy cuando hablo sin pensar demasiado, o sí. Por lo que soy cuando me entusiasmo con ideas que nadie más entiende. Cuando defiendo cosas pequeñas como si fueran causas sagradas. Que te gustaba, cómo pienso, cómo siento. Por lo que soy cuando escucho de verdad, cuando hago espacio para las historias de otros. Por lo que soy cuando te escribo notas en *post-its* de colores, mensajes que parecen ensayos, cartas de amor. Por lo que soy cuando me río de cosas que no son graciosas. Y por lo que soy cuando me enojo con el mundo y luego finjo que no me importa. Por mis contradicciones. Por mis intentos. Por lo que soy incluso cuando no soy suficiente para mí.

Me invadió el deseo de llorar.

No lo hice. Me contuve, como suelo intentar.

Pero sí lo sentí. Porque nunca me lo habían dicho después de un momento así. Cuando me sentía vulnerable. Irritada. Frágil. Desnuda. Cuando yo misma me estaba cuestionando si valía algo fuera del cuerpo.

Sentí ese nudo en la garganta que me obligaba a susurrar lo que quería decir.

Esa presión tibia detrás de los ojos.

Esa sensación de que alguien me estaba mirando de verdad y no buscaba una excusa para abandonarme.

Y aunque no lloré frente a ti, quise hacerlo. Lo hice después, sola, como siempre.

Por todo lo que no te dije. Por todo lo que comprendiste sin necesidad de que yo lo dijera. Por el alivio inmenso y aterrador de sentirme vista.

Y por primera vez, comprendí que ser vista no duele, aunque duela recordar.

Querido Alejandro,

Hoy me preguntaste cómo pudo una conversación de apenas dos horas cambiar mi manera de verte. Cómo fue que, en tan poco tiempo, tomé la decisión. Qué fue lo que me hizo pensarte ya no como una posibilidad, sino como una necesidad.

Y la verdad es que no tengo una respuesta única y definitiva. Quizás fue tu sonrisa, esa que surge con naturalidad e ilumina todo a su paso. O tu don para hacer brotar conversaciones de la nada, como si las palabras acudieran a ti sin necesidad de llamarlas. Tal vez fue la mirada con la que me observas, cargada de una ternura que me hipnotiza por completo. O tu risa, que se cuela entre las pausas y les da sentido.

Pero si tuviera que señalar un origen — creo que fue tu manera de escucharme. Escuchar de verdad, sin interrumpir. Escuchar como quien desea habitar lo que el otro siente. Me hiciste sentir comprendida y valorada en un mundo donde todos gritan.

Fue tu simpatía sincera, instintiva. Esa bondad tuya es una forma de estar en el mundo. Una de las cualidades que más admiro en ti.

Fue también tu inteligencia. Tu habilidad para nombrar lo que sientes, para intuir lo que otros callan. Tu pensamiento, tu deseo constante de evolucionar, de interrogarte, de no conformarte con lo establecido.

Y entonces, no fue una sola razón. Fueron todas a la vez.

No se trata solo de que disfrute tu compañía. Es que a tu lado me descubro hablando con más claridad, pensando con más luz, respirando con más calma. Es una calma que solo tú me regalas. Una confianza que nace del entendimiento mutuo. Eso no se finge ni se inventa o negocia. Eso se siente, o no se siente. Y yo lo sentí contigo, desde el primer instante.

Cambiaste mi forma de pensar porque, sin proponértelo, me mostraste el amor que podemos construir cuando se basa en la paciencia, la admiración y la verdad.

Aunque no sé hacia dónde va todo esto, sí sé que, mientras tú estés aquí, yo también quiero estar. Contigo.

Siempre contigo,

Montse

IX

Club del conflicto ético

La primera vez que lo pensé, me odié por pensarlo. No lo articulé. No lo escribí. Ni siquiera lo terminé de pensar. Fue solo una idea fugaz, sucia, imposible. Un accidente mental que sentí que debía enterrar inmediatamente. Como si solo por haberlo considerado estuviera traicionándote. Como si pensar mal de ti fuera una forma de blasfemia. Pero ahí estaba. Una frase lanzada al aire por mi papá, casual, en voz baja, sin saber todo lo que estaba a punto de desatar. Era domingo. Fue después de cenar.

¿Y si es cierto?

Me arañó.

Por miedo.

Y por duda.

Esa noche no dormí. No cerré los ojos ni un segundo. Me acosté con el estómago revuelto, la boca seca, las manos frías. Sentía que algo dentro de mí que antes estaba bien colocado, bien sostenido, bien funcional, se había desplazado. Como una vértebra fuera de lugar. Como si de repente ya no supiera cómo sostenerme.

Y entonces empecé. Empecé a repasar todo. Cada conversación. Cada detalle. Cada cosa que me habías contado que, en su momento, me pareció inocente. Empecé a pensar como si estuviera armando un rompecabezas con piezas que nunca supe que eran importantes. Empecé a inspeccionar tu risa. Tus pausas. Tus frases sueltas. Esa vez que dijiste que tu familia cambiaba seguido el nombre del rancho. Lo dijiste como quien cuenta una anécdota sin importancia, riéndote, con ese tono medio confundido que usas cuando no sabes si lo que estás diciendo es común o no. Yo lo tomé como una excentricidad de la provincia. Ahora lo percibía distinto. Con otra luz. Y otra intención.

¿Y si es cierto?

Pensé en tus celulares. En cómo siempre tenías uno distinto. Que se te perdían. Que se te caían. Que te los robaban. Que ya no servían. Que los cambiabas por precaución. Nunca me pasaste el de tu mamá. Ni el de tu papá. Ni el de nadie. Siempre era solo el tuyo. Siempre eras solo tú. Y yo lo acepté. Porque hablas lento. Porque eres dulce. Porque no tienes cara de mentiroso. Porque me gustabas tanto que no me daba permiso de sospechar de ti.

¿Y si es cierto?

Pensé en la bodega de Puebla. Que la usaban de vez en cuando para enviar llantas a clientes del sur.

Que probablemente la cerrarán pronto. Que tu mamá se mudaría contigo unos meses. Y no sonaba raro. No entonces. Pero ahora todo me parecía cubierto por una sombra que antes no veía.

¿Y si es cierto?

Y entonces sentí miedo. Pero no de ti. No de ti. No de ti. Me repetí eso mil veces. *No es miedo de él. Tengo miedo de lo que significa seguir amándolo.* Porque si era cierto, si era verdad — si de alguna forma eso que mi papá comentó era más que una teoría ridícula —, entonces mi amor empezaba a parecerse al silencio cómplice. A la ceguera voluntaria. Al encubrimiento. Y yo no quería eso. Nunca quise eso.

¿Y si es cierto?

Caminé por mi oficina sin rumbo. Seis mil pasos. Por cuarenta y cinco minutos. Me miré las manos. Me dolían los ojos. Me dolía el pecho. Quería rascarme la piel. Quería correr. Quería tener pruebas. Quería tener razones para no creer en eso. Pero solo tenía fragmentos. Palabras. Ausencias. Cosas pequeñas que, por sí solas, no decían nada, pero juntas formaban una sospecha que me carcomía. No sabía si estabas involucrado, si sabías, o si era mejor que no supieras nada porque entonces tendría que decírtelo yo. Porque si lo sabías, entonces el amor era mentira. Y si no lo sabías, yo no podría ser quien te lo dijera. No tenía el derecho. Ni la fuerza. Ni la certeza. Ni la capacidad de salvarte.

Y pensaba en tu familia. En sus ojos. En las comidas que compartimos. En cómo me trataron. En las risas. En las miradas. Y me preguntaba si estaban fingiendo. Si me veían como una amenaza. O si simplemente ya se acostumbraron a vivir así, como si no fuera ilegal, como si no fuera inhumano, como si no fuera real. ¿Hasta dónde llega esto? ¿Hasta dónde estarían dispuestos a llegar para que nadie más lo supiera? ¿Y yo? ¿Qué tanto riesgo corro solo por amarte?

No tenía pruebas. Solo tenía un eco. Una reverberación constante en la cabeza que se repetía sin tregua. Y a veces el eco es más cruel que la voz original. Porque el eco no cesa. Porque el eco no discute. No necesita argumentos. Solo se instala y destruye.

Y mientras todo esto sucedía, tú me seguías escribiendo mensajes tiernos. Me mandabas videos graciosos, canciones que pensabas que me gustarían, fotos de ti, videos de ti, *stickers* de esos que usabas cuando no sabías qué decir, pero querías que supiera que estabas ahí. Tus manos me sujetaban con fuerza, como queriendo que nunca me alejara. Me abrazabas con cariño, sin prisa, sin motivo, como si los abrazos fueran tu idioma más honesto. Me besabas con todo lo que podías, con intensidad, con ternura, con una especie de urgencia que yo no sabía si venía del amor o del miedo. Me preguntabas si todo estaba bien. Que podía hablarte. Que podías escucharme. Que confiara.

Pero no podía verte igual. Y no era tu culpa. No

habías hecho nada distinto. No habías cambiado. Seguías siendo tú, con tu risa que me calma y tu forma de mirar como si nunca te hubieran enseñado a mentir. Y justo eso era lo que más dolía. Que no supiera si eras tú el que estaba en peligro... o si el peligro eras tú.

Porque nuestro amor ahora venía con una pregunta.

Una sola.

Silenciosa.

Pequeña.

Insoportable.

¿Y si es cierto?

Y no sabía si tenía la valentía de responderla. Porque tal vez la respuesta era *no*. Tal vez no sabías nada, tal vez eras tan inocente como querías parecer. Pero, ¿y si no? ¿Y si sabías, y lo aceptabas, y lo normalizabas? ¿Y si el precio de amarte era mirar al otro lado? ¿Callarme? ¿Convertirme en cómplice por cariño?

Me perseguía. Me seguía como una sombra.

Me mordía el cuello mientras me besabas.

Se colaba en mis costillas cuando dormía contigo.

Se sentaba entre los dos en cada conversación.

Y me preguntaba si tú también sentías el peso. Si también sabías que algo en mí ya no podía estar tranquila. Si notabas que cada vez hablaba menos. Que mis respuestas eran más cortas. Más calculadas. Que mis miradas ya no se sostenían tanto como antes. Yo sé que sí.

Quería quererte. Más que nada, quería creerte. Quería que todo esto fuera una fantasía paranoica. Quería pensar que mi papá estaba exagerando. Que yo me estaba imaginando cosas. Que todo lo que encontré o no en internet no estaba relacionado. Que el amor era más fuerte. Más limpio. Más real. Pero cuando el cuerpo se tensa sin razón aparente, cuando el corazón late más rápido sin explicación lógica, cuando el silencio se vuelve insoportable... algo adentro ya sabe lo que la cabeza no quiere aceptar.

Y yo, desde el fondo más blando de mí, solo podía repetirme que si respondía esa pregunta, si me atrevía a mirar de frente todo lo que implicaba, tal vez ya no podía seguir amándote.

Porque una vez que sabes algo, ya no puedes ignorarlo. Lo ves con claridad. Y ya no puedes cerrar los ojos. El amor no sobrevive a ciertas revelaciones, por más dulces que hayan sido los besos, por más largas que hayan sido las llamadas. Yo te amaba. Te amaba con ese amor que se da sin condiciones al principio de todo, como quien lanza una cuerda sin preguntar si hay alguien del otro lado dispuesto a amarrarla. Y tú la tomaste. O eso creí. Pero comencé a preguntarme si la estabas usando para mantenerme cerca, no para acercarte tú también. Si me estabas dejando entrar solo hasta la sala de tu vida, pero nunca más allá. Si lo que me mostraste era una versión cuidadosamente editada de ti, y todo lo demás era un cuarto cerrado con doble cerradura al que nunca me invitarías.

Y si yo tocaba esa puerta, si la abría, ¿te enojarías? ¿Te dolería? ¿Me odiarías por no confiar? ¿O por confiar demasiado? No sabía qué opción me ardía más. Me vi preguntándote. Me vi diciéndolo todo, sin tacto, dejándolo escapar en medio de una conversación cualquiera. Pero en cuanto me imaginaba el momento, también me imaginaba tu cara. Primero, el desconcierto. Luego, el silencio. Después, el daño. Porque ya no habría vuelta atrás. Porque preguntar *eso* es una forma de romper algo, aunque la respuesta sea no. Solo sospechar ya me coloca del otro lado. Ya no en el equipo de los que creen; si no en el de los que dudan.

Y lo cierto es que yo ya estaba ahí. Ya dudaba. Ya no dormía. Ya no comía. Ya no reía igual cuando me besabas. Ya no te contestaba con la misma ligereza.

Tenía el cuerpo en alerta, el pensamiento circular, la ansiedad como música de fondo. Y la ternura no era suficiente para callarla. Porque el amor no puede florecer cuando se mezcla con miedo. No cuando el miedo no era de perderte, sino de descubrirte.

Entonces seguía callada. Porque aún me aferraba a ti. Porque aún quería que fueras tú quien me sacara de esta espiral. Que un día cualquiera, sin saber lo que pasaba en mi cabeza, me dijeras algo que deshiciera la duda. Algo pequeño. Algo que dijera: *no, no es eso. No es eso. Tranquila.* Pero no pasó. Y el silencio se volvió prueba. Y las preguntas, cuchillos. Y el amor, un terreno minado.

Así fue como entendí que, a veces, no se necesita una traición o una pelea para que algo termine. A veces basta con una sospecha persistente. Con una grieta que nadie quiso revisar. Con una verdad que preferimos no decirnos para poder seguir tocándonos sin culpa.

Pero yo ya no podía tocarte sin culpa.

Y ese fue el principio del final.

Querida Montserrat,

Me gustaría, en esta carta, compartir contigo algo que, de a poco, me enseñas. Contigo aprendo a desacelerar el paso. A disfrutar sin preocuparme. A encontrar lo bello en lo sencillo. A observar. Tu presencia misma me lo recuerda.

Siento que envuelves con ternura la belleza de la sencillez: hablar sin excesos, emocionarse con serenidad y querer con calma. Contigo comprendo que no hace falta vivirlo todo en un instante. Que todo toma tiempo. Y que el tiempo, realmente, es más generoso de lo que creí.

Es por eso que te quiero, te quiero querer lento. Aprenderte cada día. Conocerte, reconocer los misterios de tu mirada, lo que callan tus palabras, las confesiones de tus besos. Explorar tus anhelos, rastrear tus miedos, abrazar cada una de tus faltas. Hasta que sienta que siempre estuviste y siempre estarás.

Que sea, poco a poco, adentrarme en ti.

— Alejandro

X

Club del alojamiento

No me quería ir de golpe. Intenté no hacer una escena. O gritar o llorar en frente de ti o confrontarte. Pero lo pensé. Y no pude evitar llorar.

Y cuando me preguntaste — cuando intentaste — razonar conmigo y platicarlo, lo único que pude decir fue que no te puedo decir. Porque, ¿qué te iba a decir?

No te puedo decir, pero espero que lo descifres.

La única manera de estar juntos es si te independizas y nunca le vuelves a hablar a tu familia.

¡No tengo pruebas, pero me tienes que creer!

No les puedes decir que yo sé porque me van a matar.

No les puedes preguntar porque si no es cierto arruinarás tu relación familiar.

No les puedes preguntar porque si sí es cierto, caerás tú con ellos.

¿Qué se dice?

Así que me fui en fragmentos.

Me convertí en pausas más largas. En respuestas más breves. En textos incompletos donde antes había párrafos enteros.

Te pedí que me regresaras las cartas que te escribí, para evitar dejar un rastro de mi presencia en tu hogar. O cárcel. Te regresé tu chaqueta que tanto me calentó.

Evitaba que me recitaras poesía. Dejé de subrayar los míos.

Dejé de sentirme segura en tus brazos. Porque lo único en lo que pensaba era en la sangre que corría por tus venas. Y cómo no podía involucrarme.

Escuchaba la posibilidad de una verdad demasiado sucia para tocarla. Y aunque no fuera cierto, era un riesgo que no podía tomar. Un pensamiento eterno en mi mente que nunca se desplazaría.

Y me dolió. Aún me duele. Me duele tanto que el pecho arde cuando despierto.

No porque tú fueras malo.

Si no porque ya no podía verte a los ojos sin dudar. A los únicos ojos que quería ver.

Quise creerte tanto que me odiaba por tener lógica.

Cada vez que me decías que únicamente hablas con tu familia por llamada y no por mensaje, yo imaginaba a alguien huyendo.

Porque no sabía si era verdad, o si simplemente habías nacido dentro de un mundo que nunca te enseñó a cuestionar. Y no quería ser la persona que llegara a romperte eso.

Pero tampoco podía seguir fingiendo que no escuchaba lo que ya resonaba como un disparo en la cabeza.

Así que me fui.

A pasos silenciosos.

Preferí que pensaras que dejé de amarte. Que perdí interés. Que encontré otras cosas. Que el semestre se puso difícil. Que mis papás nos prohibieron la relación. Que tenía problemas mentales que debía arreglar. Que tenía problemas con el compromiso. Que el sexo fue asqueroso. Que quería enfocarme en mi carrera. Que queríamos cosas distintas. Que no te imaginaba en mi futuro. Que estaba confundida.

Y lo estaba. Pero no de ti. De mí.

De cómo podía seguir amándote a pesar de todo.

De cómo mi cuerpo te extrañaba incluso mientras mi mente gritaba que ya no era seguro estar cerca.

Me dolía el pecho. Me dolían los huesos. Me dolía el silencio.

Y aún te sueño.

Te veo.

Te veo cargando llantas en esa bodega maldita. Con el sol en la nuca, con los brazos manchados de aceite, con la camiseta vieja que siempre huele a sudor y nostalgia. Te veo moviendo llantas como si tu vida dependiera de eso, sin saber que quizás depende de otra cosa.

Te veo sonriendo con la misma inocencia con la que me contabas sobre tu vida familiar. Con esa voz que se volvía más suave cuando hablabas de tu mamá y de los domingos en el rancho, como si todo fuera una postal antigua de un mundo al que ya nadie pertenece.

Te veo recitando poesía de Sabines y Neruda con esa cadencia tan tuya que hace que todo suene más sincero. Aunque ni tú los entendieras del todo, aunque solo te quedaras con la música de las palabras. Como si decirlas bastara. Como si lo hermoso pudiera salvarte.

Te veo acariciando mi cara como si fuera algo frágil. Como si yo tuviera que ser sostenida con los dedos, no por debilidad, sino por reverencia. Como si en ese momento no existiera algo más.

Te veo abrazándome en las esquinas de esta ciudad, donde el ruido se vuelve murmullo y la gente deja de importar. Te veo sosteniéndome como si no quisieras que nada más me tocara. Como si quisieras esconderme del mundo.

Te veo estudiando. Te veo leyendo hasta tarde, con los ojos cansados, con el ceño fruncido, subrayando frases que no vas a usar en ningún examen, pero que te gustan igual. Te veo con un café en la mano, y ese charco de agua se extiende por todas las superficies del campus.

Te veo intentando todo lo posible para ser la mejor versión de ti mismo, como si siempre hubieras creído que no eras suficiente.

Te veo caminando con las manos en los bolsillos,

con esa forma de mover los hombros como si llevaras el peso de algo que nadie más puede ver. Como si cada paso estuviera lleno de historias que no has tenido la valentía de contar.

Te veo escribiéndome cartas de amor con tu caligrafía perfecta y tus ideas desordenadas. Me acuerdo de cada "te quiero" mal acomodado, de cada coma en el lugar equivocado, de cada frase que parecía no tener sentido hasta que la leía por segunda vez.

Te veo mirándome, con esa mirada que sentía incluso cuando no estabas. Como si se hubiera quedado pegada a mis hombros. Como si la ciudad entera tuviera la forma de tus ojos, buscándome. Aunque poco a poco la olvido.

Te veo queriéndome. No como en las películas, no como en los libros. Fue de esa manera tan tuya, tan poderosa, tan constante, a veces tan torpe, pero siempre tan presente.

Y eso es lo que más me duele.

Porque, ¿cómo le explico a mi cuerpo que no puede correr hacia ti?

¿Cómo le explico a mi corazón que el amor no basta? ¿Cómo le hago entender que no es suficiente que me hayas amado, si el mundo donde creciste está construido con las piezas rotas de otras personas? ¿Cómo le grito que no se aferre, que no siga inventando excusas, que no siga diciendo que tú no sabías, que tú no viste, que tú no tuviste opción? ¿Cómo lo detengo cuando sigue buscándote entre mis costillas?

¿Cómo le explico a mis recuerdos que fueron reales, pero también peligrosos? Que sí me tocaste con ternura, que sí me dijiste cosas que me hicieron sentir viva, pero que eso no borra lo otro. Que una caricia no puede limpiar la mugre escondida detrás de las palabras no dichas. Que tu voz sigue siendo la misma, pero ahora también suena como una advertencia. ¿Cómo los convenzo de que no pueden quedarse, si cada vez que los visito siento el aire hacerse más denso, más turbio, más espeso con culpa?

¿Cómo le explico a mi futuro que pensé que estarías tú? Que te imaginé ahí. Que vi tu nombre escrito en mi agenda mental de los próximos años. Que te soñé acompañándome a bodas, a ferias de libros, a funerales, a nuestro hogar. Que te reservé un lugar en mis sábados. En mis palabras. En mi vejez.

Y ahora ese lugar quedó vacío.

Y me duele tanto que hasta lo que aún no ha pasado ya se siente como una pérdida.

¿Cómo me convenzo de que dejarte fue necesario, si aún me tiembla el alma de pensarte?

Si tu nombre todavía existe en mi cuerpo.

Lo siento vibrar en cada costilla.

Si aún espero un mensaje que no llegará.

Y aún así despierto buscándote.

Si me levanto en la madrugada con la urgencia de buscarte entre mis sábanas, como si estuvieras al otro lado de la cama que ya no compartimos.

¿Cómo me convenzo si cada parte de mí está peleando contra eso?

Si te extraño más de lo que debería.

Si te quiero más de lo que puedo aceptar.

Si todavía no sé cómo no amarte.

Sé que el amor no siempre salva.

Pero... maldita sea.

¡Yo quiero que esta vez sí!

Y me despierto queriendo escribirte. Porque te sigo viendo.

Pero no lo hago.

Y eso, supongo, es el tipo más devastador del desamor.

No cuando alguien te hiere. Si no, cuando quien amas se convierte en la puerta a una verdad que no se puede desoír.

Y que te obliga a soltar.

Aunque aún estés temblando de amor.

Cuando con el dolor en el alma sé que mientras tanto estarás ahí, paciente, esperando por mí.

Como yo.

Por ti.

Bueno, aquí estamos, llegando al final de este caos de palabras y emociones. En mi necesidad de obsesionarme con todo lo que me cautiva, terminé escribiendo este análisis interminable porque tu Jorge Drexler es mi Taylor Swift, y uno debe comprender el peso que cargan esas palabras.

Espero no hayas esperado algo estructurado ni pulido; esto fue un reflejo de mi cabeza dando vueltas por cada acorde y letra. Fue más como un diálogo interno que se extendió hasta convertirse en 19,614 palabras. Y si no lo entiendes, pues tampoco pasa nada. Aunque me dolería un poco.

Me adentré en tu mundo y ahora me parece complicado salir. Pero bueno, ni siquiera busco respuestas claras, solo quiero disfrutar de tu esencia y de lo que despiertas en mí.

Este análisis no fue una tesis ni un ensayo serio; fue tan solo un testimonio personal. Y si llegaste hasta aquí, agradezco tu tiempo y atención, porque acabo de entregarme totalmente.

Al final, todo esto no es más que una forma elaborada de decirte que espero lo hayas leído y que algo en ello te haya resonado.

Lo que más importa es lo que me provocó todo esto: un desorden maravilloso que no pretendo descifrar del todo, pero que sigo explorando con curiosidad. Y una conversación contigo.

Ahora sí, dime un mayor lujo que la atención del otro.

P.S. Te lo imprimí porque sé que no te gusta leer PDFs.

— Montse

Epílogo

Club de huesos

Me gustaría decir que así se dieron los hechos. En ese mismo orden y con una falta de coherencia importante. Como si la vida misma se hubiera tomado la libertad de mezclar piezas, de soltarlas sin preocuparse por la lógica ni la belleza del resultado final. Me gustaría decir que la historia se rompió de golpe. Pero en realidad no fui yo la que dejó ir. Eso sería demasiado simple, demasiado justo incluso, como si yo hubiera tenido el poder absoluto de decidir. No. Lo noté en tu mirada, en esa grieta diminuta que se abrió cuando regresaste de Chihuahua, y que de inmediato supe que no se cerraría.

Tú ya te habías ido antes de que yo entendiera que aún quería que te quedaras. Antes de que tú lo supieras. Te fuiste en silencio, con la precisión cruel de alguien que sabe que no necesita anunciar su retirada porque el otro, tarde o temprano, lo va a descubrir en el aire, en las palabras incompletas, en los silencios estratégicos, en las puertas no abiertas.

Yo cargué con la culpa de no haber sido suficiente, aunque me hayas suplicado lo contrario, pero ahora lo veo: no era cuestión de mis fallas, era tu decisión deliberada de soltar primero, de abandonar sin que pareciera abandono. Y eso duele. Tu modo tibio. Tu despedida sin anuncio. Tu mirada desviada.

Pienso ahora en las cartas que nunca llegaron a mis manos, en las palabras que se quedaron estancadas en tu mesa, tal vez en el cajón donde guardabas recibos y plumas que ya no servían. Me atormenta la idea de que esas cartas puedan existir, de que tal vez escribiste para mí aquello que no pudiste decir en voz alta — algo que hubiera vuelto mis momentos de incertidumbre en algo contrario. Cartas que reclaman un espacio entre nosotros, aunque jamás lo ocuparon. ¿Cuántas veces habrás reescrito una línea? ¿Cuántas veces habrás tachado mi nombre antes de decidir que el silencio era más seguro?

Me digo que todo fue una sucesión de malentendidos que nos empujaron hacia lados opuestos del mismo pasillo. Pero luego recuerdo las veces que intentamos reinventarnos como amigos, como si ese disfraz pudiera contener la sangre que aún goteaba de la herida. Nos vimos en cafés y nos hablamos de trivialidades, de películas y noticias, como si la superficie bastara. Como si no nos hubiéramos adentrado. Pero cada palabra llevaba un recordatorio de todo lo que no podía nombrarse. Era como pretender que las ruinas fueran todavía una casa: nos sentábamos sobre los escombros, sonreíamos entre las piedras, y al final nos levantábamos con las rodillas raspadas. Y lo volveríamos a hacer el próximo día.

Lo que más me ahoga es una cadena interminable. Si me hubieras dado las cartas. Si yo hubiera insistido. Si no hubiéramos intentado esa pantomima de amistad. Si nos hubiéramos permitido el egoísmo de aferrarnos en lugar de disimular madurez. Si el adiós hubiera sido distinto, con menos cálculo y más verdad. Cada pensamiento se multiplica en un espejo roto, reflejando mil versiones de nosotros que nunca ocurrieron. Existo atrapada en esa galería de vidas posibles. De recuerdos imposibles. Camino de una sala a otra, viendo pasar escenas donde sonrío contigo en un futuro que nunca existió. Y cada vez que intento salir, una nueva puerta se abre, y detrás me espera otra.

A veces sueño que nos cruzamos en un lugar neutro, una sala de cine o una librería. En esas oraciones, no nos odiamos, no nos reclamamos, solo nos miramos con la ternura de lo imposible. Son mi castigo: la versión más cruel de la esperanza, porque me muestran lo que nunca tendré y lo hacen brillar como si estuviera al alcance de mi mano.

He llegado a convencerme de que historias como la nuestra no terminan; se quedan suspendidas, vibrando como una cuerda tensa que alguien olvidó cortar. Nuestra historia sigue sonando en un murmullo, aunque nadie lo escuche más que yo. Intento taparme los oídos, intento llenarme de otras voces, pero ahí está: un tono incesante que me recuerda que alguna vez fuimos, que alguna vez fue un *siempre*.

Hay noches en que me detengo a escribirte mentalmente. Imagino abrir una carta y responder con otra. En mi cabeza, las palabras fluyen, pero cuando intento plasmarlas se disuelven, como si mi mano se negara a sostener tanta contradicción. No sé si en esas cartas te perdono o te reclamo, o si solo repito las escenas hasta que el eco me agote. Tal vez sea eso lo que quería tanto de ti: no la permanencia, sino la posibilidad de hablar sin que algo quedara colgando en el aire. Pero siempre te quise a ti, aunque me divierta bailar alrededor de lo que duele.

Me tortura pensar que tú sí lograste continuar. Que lograste convertir el recuerdo en anécdota. Yo no. Yo sigo aquí, atrapada en la pregunta de si alguna vez fui suficiente. Y esa duda me consume como un incendio lento, uno que no destruye de inmediato, pero ennegrece todo lo que toca.

Y debo admitirlo: hubo una satisfacción casi secreta al saber que te entristece no tenerme. Aunque suene cruel, me reconforta. Porque entonces no fui la única en desmoronarse por completo.

Tal vez el amor no muere. Tal vez se convierte en otra cosa: en claustrofobia, en ansiedad, en una colección de joyas fracturadas que guardo en mi pecho aunque me hieran con cada destello. No es justo, lo sé, pero tampoco puedo soltarlo. Porque soltar sería aceptar que todo lo vivido se reduce a un malentendido, a una serie de cartas que jamás me diste y a la pretensión fallida de ser amigos cuando lo que necesitábamos era llorar, gritar, romper.

Y así, entre las palabras no dichas, concluye esta versión de la historia. No con un portazo, no con un adiós definitivo, sino con un eco interminable que me perseguirá.

Fui testigo del instante en que soltaste mi nombre. Como si nunca hubiera sido tuyo.

Aunque siempre lo fue.

Alejandro,

Esta será la última vez que permita que mis palabras te busquen. Aunque se escapen de mí, aunque lleguen sin querer.

No escribo esta despedida como quien cierra un libro: la escribo como quien prende fuego a una biblioteca y se queda mirando las cenizas. Porque nuestro amor merece una cremación digna, no un lento deterioro en el anaquel de los malentendidos.

Llegaste anunciando primavera en un invierno que ya había aprendido a sobrevivir sin flores. Me miraste no como se mira un objeto precioso, sino como se observa un rompecabezas al que le falta la pieza central. Yo creí que eras la pieza que faltaba; eras, en realidad, la grieta que lo atravesaba todo.

Te di mis palabras.

Te entregué las llaves de una casa que jamás había mostrado.

Te regalé 19,614 razones para quedarte y recibí el silencio calculado de quien acepta un regalo que no sabe dónde guardar. O, al menos, así lo percibí. Contigo aprendí el lenguaje de la vulnerabilidad.

Intenté mostrar mis costuras, los hilos que sostienen mi cordura. Intenté señalar las cicatrices que cargo como mapas de batallas perdidas. Y tú, en lugar de besarlas como lo habías prometido, las diseccionaste con la frialdad de un cirujano que no opera por miedo a mancharse las manos.

Recuerdo aquella noche, cuando mi cuerpo se convirtió en el traidor de mi corazón. Y tú, diciéndome que me querías por mis palabras, por mis ideas, por mi forma de reírme de cosas que no tenían gracia. Era justo lo que necesitaba escuchar, pero llegó demasiado tarde. Porque para entonces ya había visto la grieta.

Nunca dudé tu amor por mí; lo que siempre dudé fue el amor que sientes por quien eres.

Esa verdad se instaló en mí de forma gradual, como una segunda sombra. En tus ojos, siempre encontraba un reflejo de bondad, de admiración, incluso de una especie de devoción que me hacía sentir como la mujer más valiosa del mundo. Tus manos, tu voz... eran testimonios irrefutables de un cariño profundo y auténtico. Jamás, ni en nuestros peores momentos, albergué la sospecha de que ese sentimiento hacia mí fuera falso. Fue real. Demasiado real.

Pero había una desconexión dolorosa, un vacío que empezaba justo donde terminaba ese amor que me dedicabas. Era como si yo fuera el recipiente brillante que tú llenabas con un néctar que nunca te permitías probar. Podías enumerar mis virtudes con la precisión de un poeta, pero te quedabas en silencio cuando se trataba de nombrar las tuyas solas — aunque tu ego no te lo permita admitir. Eras capaz de luchar por mi felicidad con una tenacidad feroz, pero veía cómo abandonabas la tuya propia con una resignación que me partía el alma.

Tu amor por mí era claro. El que tenías por ti mismo, en cambio, era turbio, estancado, lleno de reproches que sólo tú podías escuchar. Me amabas con la intensidad de quien encuentra en otro un refugio, un espejo que le devuelve la imagen que anhela ver, pero que se niega a reconocer en su propio reflejo.

Amabas desde el vacío. Y yo, que siempre sentí el calor de ese amor, también sentía el frío del abismo desde el que me lo ofrecías.

Te volviste un rompecabezas cuyas piezas formaban una imagen que no quería ver. Y aunque juré quererte incondicionalmente, descubrí que hay condiciones que ni el amor más amoroso puede ignorar.

Ahora estoy aquí, atrapada en una carta que sigo escribiendo porque parte de mí no quiere admitir el final. Escribo y borro, busco palabras, e intento darle una elegante puntuación a una historia que se desgarra por la mitad. Esta carta es mi último refugio, el único lugar donde tu nombre aún puede resonar, donde todavía puedo fingir que hay un diálogo entre nosotros. La leerás y callarás, porque responder sería admitir que aún importa, sería confesar que sigo esperando que recuerdes lo que alguna vez te confesé. Y el silencio ha sido siempre tu lenguaje predilecto. Sé que guardarás estas palabras lejos de la vista, pero nunca del todo fuera de tu mente.

Espero despertarme pronto. Espero que llegue el día en que tu recuerdo no sea la primera noticia con la que abra los ojos, en que la vista de un carro como el tuyo no active un punzazo en mis costillas. Mientras tanto, habito este espacio intermedio, este limbo donde tu fantasma y yo cohabitamos entre líneas y metáforas.

Prefiero que me recuerdes como la cobarde que se fue y no como la mujer que se quedó demasiado tiempo mirando al abismo que separa al amor de la complicidad. Porque quedarse habría significado aceptar que algunas grietas no se sellan, que algunos secretos pesan más que los besos, y que el amor no salva. Prefiero tu desprecio a tu lástima, tu idea de que fui débil antes que tu certeza de que fui cómplice por omisión.

Existe un club de almas rotas al que pertenecí, y al que regresé. No es un lugar al que se aspira llegar, pero es un refugio para quienes han amado con las entrañas y han sobrevivido para encontrarlo. Un club de joyas fracturadas que brillan con la luz de lo que pudo ser y nunca será. Cada una de nosotras carga con destellos de historias truncas, de promesas incumplidas, de futuros que se desvanecieron en un tornado. Y entre reliquias, tú, Alejandro, eres la grieta más hermosa y dolorosa de mi colección. La más brillante, la que aún capta la luz de forma distinta, la que duele al tacto pero que no puedo dejar de admirar.

No te deseo mal. En el fondo de mi corazón deshecho, aún late un pulso de gratitud por los momentos en que fuiste mi refugio. Te deseo la valentía que yo no tuve para preguntar y la honestidad que tú no tuviste para responder. Te deseo que algún día puedas mirarte al espejo sin la necesidad de buscar tu reflejo en los ojos de alguien más. El aprender a reconocerte sin usar un amor externo como espejismo, sin requerir el brillo de otro para sentirte real. En una semana se pueden reunir todas las palabras de amor —y nosotros las dijimos todas, las agotamos, las convertimos en un diccionario completo de promesas, pero ninguna de ellas logró llenar el vacío. Ninguna frase, por más hermosa que fuera, pudo sustituir el amor que te negabas a ti mismo. Fuiste un arquitecto de hermosas palabras, pero un huérfano de silencios propios. Por eso te deseo todo, siempre y cuando ese todo esté muy, muy lejos de mí.

Espero que puedas perdonarme por permitir que estas páginas miren más allá de mis propios ojos. Pero necesitaba que existiera fuera de mí, aunque fuera por un instante. Porque lo no dicho se pudre cuando se queda encerrado, y este manuscrito ya pesaba demasiado como para seguir cargándolo sola. Mostrarlo no fue un acto de traición, sino de autopreservación: dejar constancia de que esto ocurrió, de que dolió, de que importó. No busco absolución ni testigos; solo que, al soltarlo, deje de doler exactamente de la misma forma, y que en ese desprendimiento, quizá, podamos curarnos.

Esta es la antepenúltima página de nuestro manuscrito imperfecto, desplazado en 47,215 palabras y el peso de todo lo que jamás nos diremos.

Un manuscrito que intentó nombrar lo innombrable, que luchó por darle forma a un sentimiento que siempre fue más grande que nosotros. Palabras que se acumularon como testigos mudos de todo lo que nuestros labios no se atrevieron a pronunciar entre besos. Y sin embargo, siento el peso abrumador de todo lo que quedó entre líneas.

Aceptando que te tengo que dejar ir.

Son siete palabras que pesan más que las quince mil que las preceden. Doce sílabas que cierran un libro que escribimos con las manos temblorosas y el corazón expuesto.

Aceptar no es rendirse, es reconocer que algunas historias están destinadas a quedarse en el tintero de la memoria. Que nuestro amor fue como una lluvia torrencial en el desierto: intenso, hermoso, transformador, pero incapaz de hacer florecer una tierra que no estaba preparada para ser jardín.

Lo dejo ir no porque haya dejado de importarme, sino porque comprendo que aferrarme es condenarnos a repetir los mismos capítulos una y otra vez, cada vez con menos esperanza y más desgaste.

Estas palabras finales son mi reconocimiento de que, aunque el amor fue real, la forma más profunda de amar, a veces, es aprender a soltar.

Que estas páginas encuentren paz en el archivo de lo que fue.

Que nosotros encontremos paz en el recuerdo de lo que vivimos.

Con todo lo que fui,

Montserrat ♡

Que sea eterno mientras dure.

Sobre el corazón detrás de estas páginas

Montse "M.B" Benavides es una autora independiente que escribe historias que susurran, hieren, sanan y devuelven la vida. Su obra se mueve entre el dolor, el amor y las partes bellamente caóticas del ser humano, siempre con un toque lírico, un toque agudo y juguetón, y la ternura que una vez intentó ocultar.

A través de M.B NOVELS®, defiende a los autores independientes y la belleza desordenada de la narrativa, construyendo el espacio creativo que alguna vez deseó que existiera para ella.

Pasa sus días leyendo, escribiendo, reflexionando sobre párrafos poéticos y negándose a disculparse por preocuparse demasiado o ser demasiado intensa.

Visita el cementerio donde sus historias siguen respirando.

www.mbnovels.com

www.ingramcontent.com/pod-product-compliance
Lightning Source LLC
LaVergne TN
LVHW051011080826
845145LV00009B/2561